roman noir

Dominique et compagnie

Sous la direction de

Agnès Huguet

Agnès Grimaud

Lucie Wan et l'énigme de l'autobus

Illustrations
Stéphane Jorisch

Fiches pédagogiques des romans noirs, niveau 1

www.dominiqueetcompagnie.com/pedagogie

– des guides d'exploitation pédagogique pour l'enseignant(e)
– des fiches d'activités pour les élèves

Catalogage avant publication de Bibliothèque et Archives nationales du Québec et Bibliothèque et Archives Canada

Grimaud, Agnès, 1969-
Lucie Wan et l'énigme de l'autobus
(Roman noir)
Pour enfants de 7 ans et plus.

ISBN 978-2-89512-754-3
I. Jorisch, Stéphane. II. Titre.
III. Collection : Roman noir.

PS8613.R64L822 2009 jC843'.6 C2009-940191-6
PS9613.R64L822 2009

© Les éditions Héritage inc. 2009
Tous droits réservés
Dépôts légaux : 3ᵉ trimestre 2009
Bibliothèque et Archives nationales du Québec
Bibliothèque nationale du Canada
Bibliothèque nationale de France

ISBN 978-2-89512-754-3
Imprimé au Canada

10 9 8 7 6 5 4 3 2 1

Direction de la collection
et direction artistique :
Agnès Huguet
Conception graphique :
Primeau Barey
Révision et correction :
Céline Vangheluwe

Dominique et compagnie

300, rue Arran
Saint-Lambert (Québec)
J4R 1K5 Canada
Téléphone : 514 875-0327
Télécopieur : 450 672-5448
Courriel :
dominiqueetcie@editionsheritage.com
Site Internet :
www.dominiqueetcompagnie.com

Nous remercions le Conseil des Arts du Canada de l'aide accordée à notre programme de publication. Nous reconnaissons l'aide financière du gouvernement du Canada par l'entremise du Programme d'aide au développement de l'industrie de l'édition (PADIÉ) pour nos activités d'édition.

Nous reconnaissons l'aide financière du gouvernement du Québec par l'entremise du Programme de crédit d'impôt pour l'édition de livres – SODEC – et du Programme d'aide aux entreprises du livre et de l'édition spécialisée.

Chapitre 1

Un message inquiétant

Je suis née pour l'aventure et je suis née aussi en Chine. Je m'appelle Lucie, avec deux noms de famille : Wan, mon nom chinois, et Tremblay, celui de mes parents adoptifs. Ma grand-mère paternelle, Diane, a grandi à Rimouski. Elle a passé son enfance à contempler les bateaux sillonnant le fleuve Saint-Laurent et à rêver de voyages.

Quand elle a su que sa première petite-fille serait une enfant adoptée en Chine, ma grand-mère était aussi

excitée que mes parents. Elle a attendu mon arrivée comme on guette une goélette qui transporte un trésor. Voilà pourquoi elle m'a surnommée tendrement « sa goélette ».

Mon cousin Léo et moi adorons notre grand-mère. Nous la voyons souvent. En effet, après la mort de grand-papa, elle a déménagé à Montréal pour se rapprocher de ses deux fils (mon papa et celui de Léo). L'été, elle quitte la ville et va s'installer dans son chalet situé près de Métis-sur-Mer. En réalité, ce village ne se trouve pas au bord de la mer, mais sur la rive de l'estuaire du Saint-Laurent. On peut y observer des phoques qui se prélassent sur les rochers.

Grand-maman partage ce chalet avec son frère Pierre. Elle ne conduit

pas et voyage donc en autobus. Ce trajet d'environ huit heures nécessite une correspondance à Québec, avec un intervalle d'une demi-heure pour changer d'autocar. Une fois à Rimouski, Pierre vient la chercher pour l'emmener à Métis.

J'ai retenu tous ces détails parce que, cette année, Léo et moi partons avec notre grand-mère. Trois dodos exactement après la fin des classes...

• • •

C'est le grand jour ! Comme notre autobus quitte Montréal tôt, Léo et grand-maman sont venus dormir à la maison. Quand le réveille-matin a sonné, mon cousin et moi avons bondi hors du lit. Nous sommes prêts

depuis longtemps lorsque papa donne enfin le signal du départ.

– En route ! s'écrie-t-il gaiement.

Je câline mon adorable chatte, Féline. Elle miaule de mécontentement, car elle ne part pas avec moi. Hélas ! les animaux de compagnie sont interdits dans les autobus qui font de longues distances. C'est le règlement. Ma mère a vérifié… Seuls les chiens qui guident les personnes

aveugles ou sourdes sont acceptés à bord parce que leurs maîtres ne peuvent se passer d'eux.

—Où est Monsieur Bisou? s'inquiète Léo, qui égare continuellement son ourson en peluche préféré.

—Ici, mon colibri, lui répond grand-maman en pointant du doigt deux oreilles qui dépassent du sofa.

Léo attrape son ours, et moi, mon sac à dos. Maman me serre très fort dans ses bras avant que je mette les voiles.

● ● ●

Mon père nous dépose à l'entrée de la gare routière. Il sort nos bagages du coffre de la voiture, nous embrasse et repart aussitôt pour aller travailler :

— Amusez-vous bien, les enfants !

Vroum-vroum ! Léo et moi saisissons nos valises à roulettes et fonçons à l'intérieur de l'édifice.

— Le premier arrivé gagne ! lance-t-on en chœur.

Grand-maman nous rejoint au pas de course en protestant :

—Y a pas le feu, les mousses! Restez devant le casse-croûte et surveillez les bagages pendant que j'achète nos billets.

Je m'exécute et monte la garde. Grâce à mes yeux de lynx, aucun détail ne m'échappe. À gauche, je remarque les toilettes et les distributeurs de bonbons. À droite, la billetterie où grand-maman attend en file. Un panneau d'affichage électrique est fixé au mur, juste au-dessus des guichets. Des mots en lettres jaunes y défilent rapidement. Je les lis à voix haute:

—*Avis aux voyageurs... On signale plusieurs vols de biens personnels placés à l'intérieur des bagages. Veillez à garder vos objets de valeur avec vous.*

—C'est quoi, un objet de valeur?
me demande Léo.

—Quelque chose de vraiment impor-
tant pour son propriétaire. Comme...
euh... ma superballe, ou bien... ton
toutou!

Léo serre Monsieur Bisou contre
lui, l'air apeuré. Moi, par contre, je
me réjouis, car j'aime les mystères

autant que les bonbons. Le message de la compagnie de transport mentionne plus d'une victime. Cela éveille ma curiosité. J'imagine toute une série de trésors dérobés dans les valises des pauvres voyageurs… Des bijoux scintillants, des flacons de parfum, des gadgets électroniques… Quelle affaire !

Ma montre indique 7 heures. De nombreuses personnes circulent dans la gare routière. Un escroc habile peut facilement profiter de ces allées et venues pour commettre des mauvais coups sans être repéré. Je ne dois pas relâcher ma surveillance. Qui sait? Un détail va peut-être me sauter aux yeux...

Chapitre 2

Suspects en vue

J'aperçois notre autobus à travers les baies vitrées de la gare. Léo s'inquiète à propos des vols. Grand-maman le rassure. Elle lui explique que notre argent de poche et nos consoles de jeux portables se trouvent dans le sac fourre-tout dont elle ne se sépare jamais. Mon cousin insiste toutefois pour ouvrir sa valise et lui confier son pyjama préféré ainsi que ses lunettes de plongée.

– Tous mes objets de valeur sont en sécurité maintenant ! déclare-t-il, soulagé.

– Pas tes pantoufles, dis-je d'un air coquin.

– Tu… tu crois ? bégaie Léo.

– Je plaisante, voyons ! Qui voudrait de tes pantoufles ? ! Les voleurs s'emparent de choses qu'ils peuvent revendre ensuite…

Cette explication me fait prendre conscience d'un truc qui cloche. Le message précisait que les objets dérobés étaient rangés dans les bagages. Or, si le malfaiteur ouvrait les valises des gens sous leur nez pour savoir ce qu'ils ont de précieux à chiper, on l'aurait capturé depuis belle lurette. Alors comment fait-il pour deviner ce que renferment

les sacs des voyageurs? A-t-il des rayons X à la place des yeux?

Je n'ai pas le temps de réfléchir davantage à la question, car l'embarquement des passagers à destination de Québec commence. Le chauffeur se tient debout près de son véhicule. Nous déposons nos valises dans l'immense compartiment à bagages qu'il a ouvert. Ma grand-mère nous entraîne ensuite vers la buvette qui est située un peu plus loin sur le quai. Elle y commande du café et du chocolat chaud.

• • •

Deux autres départs ont lieu en même temps que le nôtre. Un essaim de voyageurs s'activent autour

des autobus. En les observant bien,
je découvrirai peut-être un individu
louche qui prépare un mauvais coup.
Zut ! Grand-maman a déjà payé
ses achats. Elle se dirige vers notre car.
J'invente un prétexte, histoire de ga-
gner du temps pour continuer d'exa-
miner la foule :

– Euh... Léo et moi, on risque de...
renverser du... du chocolat... Est-ce
qu'on peut le boire dehors ?

Ma grand-mère hésite. Le chauffeur, qui a tout entendu, s'en mêle :

– On en a encore pour un quart d'heure, madame. Si vous vous asseyez près d'une fenêtre, vous pourrez les surveiller.

– Dans ce cas, je réserve vos places, nous dit-elle en grimpant dans l'autobus.

Après d'interminables minutes d'observation, je n'ai vu personne s'intéresser de près ou de loin aux bagages ou à leur contenu. Léo va rejoindre grand-maman. Monsieur Bisou lui glisse des mains quand il gravit le marchepied. Le conducteur le lui ramasse gentiment.

Soudain, un clochard apparaît sur le quai. Il a l'air d'un bandit de grand chemin avec son long manteau et son chapeau enfoncé sur la tête. Voilà un suspect idéal ! Son mobile saute aux yeux : il a désespérément besoin d'argent puisqu'il doit mendier pour vivre. Je sais… il ne faut pas se fier aux apparences. C'est juste que…

Bon sang, un chien l'accompagne ! Ce fidèle animal pourrait bien

lui être utile en flairant le contenu des valises... Ce serait une fameuse ruse ! L'odorat des chiens leur permet non seulement de sentir de la nourriture ou de la drogue, mais aussi des CD et des DVD. J'ai lu dans un magazine que certains chiens reconnaissent les substances chimiques avec lesquelles on fabrique ces disques. Hum... De quelle façon pourrais-je démasquer le clochard et son complice à quatre pattes ?

– Embarquement immédiat, mademoiselle ! claironne le chauffeur en m'indiquant de monter à bord.

Je m'apprête à lui obéir quand un passager en retard se présente. Un véritable athlète, si j'en juge par son apparence et son équipement : il est grand, musclé, et il porte une tenue

sportive. Son énorme sac de hockey semble lourd. Monsieur Muscles le dépose avec soin dans le compartiment à bagages, puis il s'engouffre dans l'autobus.

Je le suis à contrecœur. Pfff ! Dire que je dois abandonner mon enquête pour rester assise sans rien faire pendant trois heures !

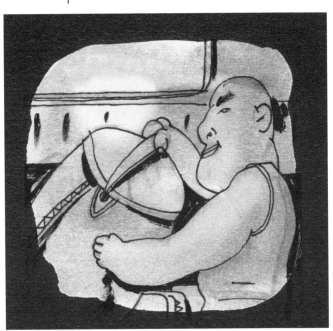

Chapitre 3

Des vols en série

L'autobus file sur l'autoroute. Dans la soute, les bagages sont à l'abri des voleurs. Il n'y a donc rien à surveiller ni personne à épier à bord. Léo dort, la tête appuyée sur l'épaule de grand-maman. Moi, je suis assise de l'autre côté de l'allée. Je m'endors à mon tour et me réveille seulement lorsque l'autocar arrive en banlieue de Québec.

Plusieurs voyageurs gigotent. On a tous les fesses engourdies ! Trois

rangées devant moi, Monsieur Muscles s'agite plus que les autres. Il est si costaud qu'il doit trouver son siège étroit et inconfortable. Au moment de débarquer, il se dépêche pour sortir le premier. Je le vois se précipiter à l'intérieur du terminus, le sac de hockey suspendu à son épaule.

Nous descendons du car à notre tour. L'autobus pour Rimouski nous attend au quai 9. Il partira dans une demi-heure. Son double compartiment à bagages est déjà ouvert. Grand-maman y dépose nos valises après s'être assurée qu'un employé de la compagnie de transport se chargera de les surveiller. Nous entrons ensuite dans la gare routière. Ma grand-mère se rend directement au casse-croûte pour commander des sandwiches.

— Promenez-vous un peu, nous suggère-t-elle. Ça vous dégourdira les jambes.

Puis elle ajoute, avec un clin d'œil, en nous donnant quelques pièces de monnaie :

— Restez bien en vue.

Léo et moi courons vers une machine distributrice, près des toilettes pour hommes. Entre les paquets de gomme et les sacs de bonbons, le choix est difficile... J'opte finalement pour des vers de terre. Mmm ! Quel délice ! Soudain, Monsieur Muscles surgit du petit coin. D'une main, il balance son sac de hockey, le sourire aux lèvres. Une envie urgente serait-elle la raison de son départ

précipité de l'autobus ? Les toilettes du car étaient sans doute trop petites pour lui.

J'ai à peine le temps de dévorer deux autres vers gluants qu'un nain sort également des toilettes. Il part dans la même direction que Monsieur Muscles, c'est-à-dire vers la sortie du terminus. La bouche pleine de fraises à la guimauve, Léo pointe du doigt un panneau d'affichage :

—Humpf ! Regarde, Lucie…

Je lis les phrases qui défilent en lettres jaunes et m'exclame :

—C'est un message semblable à celui de Montréal ! Des vols ont aussi été commis à Québec. Hou là là, ça se complique !

• • •

Une mauvaise surprise nous attend alors que nous sommes de retour au quai 9. Toutes les valises sont alignées

sur le trottoir et deux policiers se trouvent sur place. L'un d'eux interroge le chauffeur.

– Que se passe-t-il ? s'inquiète ma grand-mère.

Une dame nous explique la situation :

– Un passager qui était dans l'autobus de Montréal, ce matin, a voulu prendre un chandail dans sa valise. Il a remarqué que ses CD avaient disparu ! D'autres personnes ont aussitôt examiné leurs bagages. Certaines ont constaté qu'il leur manquait aussi des objets.

– Comme quoi ? s'enquiert Léo.

– Des DVD, des bijoux, du parfum et même du chocolat.

Tiens donc, en plus d'être sélectif, ce voleur semble gourmand… Une policière s'avance vers nous :

– Bonjour, je suis l'agente Dupuis. D'où arrivez-vous ?

– De Montréal, répond grand-maman.

– Dans ce cas, pourriez-vous vérifier vos bagages, s'il vous plaît ? Plusieurs voyageurs en provenance de cette ville se sont fait voler des effets personnels.

– Le malfaiteur agit aussi à Québec, n'est-ce pas ? ne puis-je m'empêcher de lui demander.

La policière me regarde, étonnée :

– D'où tiens-tu ce renseignement ?

Je lui raconte comment la lecture des panneaux d'affichage m'a mise sur la piste.

– Tu as un excellent esprit de déduction ! me félicite-t-elle. En fait, des vols ont été signalés dans plusieurs villes :

Montréal, Québec, Sherbrooke…

Entre-temps, ma grand-mère a ouvert nos valises. Elle découvre, stupéfaite, que quelqu'un a fouillé leur contenu, car nos vêtements sont sens dessus dessous ! Heureusement, on ne nous a rien pris. Tandis que l'agente Dupuis écrit des notes dans son calepin, je me fige en apercevant un mendiant qui s'éloigne du quai, accompagné d'un chien. Léo me secoue le bras :

— Qu'est-ce qui t'arrive, Lucie ?

Chapitre 4

Des voleurs déguisés

Bang ! Boum ! Et encore bang ! Les idées se heurtent dans ma tête, les unes contre les autres, créant un véritable carambolage. Je m'efforce de reprendre mes esprits.

– Lucie, réponds-moi ! insiste Léo en agrippant mon bras de plus belle, comme s'il tirait sur la corde d'une cloche.

L'inquiétude de mon cousin attire l'attention de la policière, qui se penche vers moi :

– Est-ce que ça va, ma belle ?

– Je… Oui !

Je respire un grand coup avant de déclarer, triomphante :

– J'ai découvert les coupables. Je sais comment ils s'y prennent !

L'agente Dupuis, intriguée, m'encourage à poursuivre. Je me lance :

– Les objets qui disparaissent sont soigneusement choisis. De plus, ils se trouvent toujours à l'intérieur des bagages.

– Je suis déjà au courant de tout ça. Et après ? me demande-t-elle, perplexe.

– Eh bien… Le malfaiteur doit forcément connaître le contenu des valises avant de commettre ses vols. Or, aucun humain ne peut deviner ce qui se cache dans un sac. Par contre, un chien, si ! Grâce à son flair !

– Un chien renifleur ! s'exclame la policière. Hum, hum… Il est vrai que leur odorat leur permet de détecter de nombreux produits.

Je m'empresse d'ajouter :

– Mais les animaux sont interdits à bord des autobus. Les seuls pitous que l'on rencontre sur les quais sont ceux des aveugles ou des…

– Mendiants ! s'écrie mon cousin en se souvenant de ma réaction de tantôt.

– Bravo, Léo ! J'ai en effet repéré un sans-abri à Montréal et un autre, ici, à Québec. Ils avaient chacun un chien.

– Tu accuses ces pauvres gens d'être des criminels ! Voyons, ma goélette ! s'indigne grand-maman.

– Non, je crois plutôt que les malfaiteurs se déguisent en clochards et qu'ils opèrent dans plusieurs villes.

– On aurait affaire à un réseau organisé de voleurs vagabonds, conclut l'agente. En théorie, ton hypothèse tient la route. Chapeau ! Malheureusement, en pratique, c'est une autre histoire…

Elle m'explique ensuite qu'elle connaît bien les sans-logis :

– Nous les fréquentons quotidiennement en patrouillant dans le secteur. Parfois, nous arrêtons l'un d'eux pour une infraction mineure. Consommation d'alcool sur la voie publique ou tapage nocturne... Bref, si un mendiant commettait un larcin, il risquerait fort d'être repéré par un policier.

— Alors, selon vous, ce déguisement n'est pas assez discret pour un voleur, dis-je, franchement déçue.

— Exactement… Tu sais, le métier d'enquêteur consiste à recueillir des preuves, puis à élaborer des hypothèses que l'on doit vérifier. Crois-moi, il faut souvent réexaminer les indices et imaginer un nouveau scénario. Sers-toi de ton esprit de déduction pour échafauder une autre hypothèse. Mais sois prudente ! N'approche jamais un criminel de près.

Sur ce, l'agente Dupuis nous salue et rejoint son confrère qui, entre-temps, a fini d'interroger le chauffeur d'autobus.

L'autocar pour Rimouski partira dans dix minutes. Tous ces événements ont retardé notre départ. Ma grand-mère a appelé son frère pour l'avertir de ce contretemps. Chaque passager a remis ses bagages dans la soute.

Soudain, Léo se rend compte qu'il a perdu Monsieur Bisou. Il éclate en sanglots. J'essaie de réfléchir à l'endroit où il aurait pu l'oublier… La machine distributrice ! Grand-maman m'autorise à retourner dans le terminus pendant qu'elle console mon cousin.

J'ai cinq minutes top chrono ! Je m'élance vers le distributeur de friandises. J'en fais le tour sans rien trouver. Si Monsieur Bisou a vraiment disparu, on frôle la catastrophe !

Je n'hésite pas à ramper pour inspec-
ter le dessous de l'appareil. Quel
soulagement de découvrir l'ourson
endormi sur un lit de poussière ! Je
l'attrape et me relève en vitesse.

Eh ! Le nain que j'ai remarqué plus
tôt passe devant moi. Il se dirige vers
les toilettes pour hommes. Bizarre…

Je le croyais sorti de la gare routière en même temps que Monsieur Muscles. Je ne me laisse toutefois pas distraire par ce nouveau mystère, car j'ai un autobus à prendre. Je sprinte en direction du quai.

Léo saute de joie en m'apercevant. Soulagée, grand-maman monte à

bord pour réserver nos places. Cette fois, elle accepte volontiers que mon cousin et moi restions dehors jusqu'à la dernière minute. Léo dépoussière son nounours. Et moi, je me livre à mon sport favori : la chasse au suspect. Sous quel déguisement se cache donc le voleur ?

Chapitre 5

Un nouveau scénario

Léo finit d'épousseter Monsieur Bisou tandis que je m'amuse avec ma superballe. Je la garde toujours sur moi. J'aime la faire rebondir le plus haut possible. Je suis experte à ce jeu.

Le conducteur s'apprête à fermer les deux compartiments de la soute à bagages. Tout à coup, un passager en retard apparaît. Mince ! Il s'agit d'un autre Monsieur Muscles. Il a la même allure sportive que le

premier, sauf qu'il est plus souriant et plus chevelu. Il transporte lui aussi un énorme sac de hockey qui semble peser une tonne. Tiens, il le place dans la section la plus remplie. L'homme compresse même quelques valises pour que la sienne entre comme il faut, sans être écrasée. Puis il monte dans l'autobus.

Pourquoi a-t-il rangé son sac là où il y avait le plus de bagages ? Il s'est donné beaucoup de mal pour rien. J'ai envie d'aller voir cela de plus près. Et je sais comment m'y prendre... Hop, hop, oups ! Je laisse tomber volontairement ma balle. Elle roule sous l'autobus.

– File la chercher, me conseille le chauffeur. On part dans une minute.

Je m'exécute, ravie que mon plan

fonctionne si bien. Je m'approche du compartiment et me contorsionne pour récupérer ma superballe. Dans la foulée, j'en profite pour palper le sac de hockey. Ça alors !

Abasourdie, je me relève sans rien dire. Aussitôt que le conducteur verrouille les portes de la soute, Léo et moi grimpons à bord. Je suis vraiment troublée. Lorsque j'ai tâté le sac, il a frissonné comme si je le chatouillais ! Maintenant, c'est moi qui tremble ! Je dois élucider cet inquiétant mystère.

• • •

L'autobus roule depuis un moment. J'ai eu le temps de me calmer et de réfléchir. Je crois que l'agente Dupuis

approuverait mon nouveau scénario. Selon moi, il y a deux sortes de méchants dans cette affaire. Les premiers passent inaperçus sous leur déguisement de sportif. Ils embarquent toujours dans l'autocar à la toute dernière minute afin que leur sac ne se retrouve surtout pas au fond de la soute. En effet, ils veulent le récupérer en vitesse une fois qu'ils sont parvenus à destination. Ces gaillards doivent être musclés, car

leur paquet est lourd au départ et archi-lourd à l'arrivée, si je me fie à la façon dont ils le portent.

Comment cet immense sac peut-il prendre du poids en demeurant dans le compartiment à bagages ? C'est simple. Un deuxième bandit se terre dans le ventre de l'autobus. Pour jouer le rôle de ce vilain, pas besoin de se costumer. Il faut simplement être une personne de petite taille capable de

se glisser dans un sac de hockey. Je pense au nain, bien entendu. Et celui-ci n'est pas grincheux comme dans le film *Blanche-Neige,* mais plutôt chatouilleux !

La suite est facile à imaginer. Pendant que l'autobus roule, le voleur sort de sa cachette. Il a alors de longues heures devant lui pour fouiller les bagages. Il dérobe uniquement les objets de valeur (et du chocolat s'il a une fringale…) avant de refermer les valises. À la fin du voyage, il retourne se cacher dans le sac de hockey avec son butin !

Monsieur Muscles descend systématiquement de l'autocar en premier. Il se précipite alors au petit coin pour délivrer son complice, et non parce qu'il a une envie pressante. Quand

il sort des toilettes, son sac, même s'il est rempli de trucs volés, s'est drôlement allégé. Les deux malfaiteurs quittent ensuite le terminus chacun de leur côté.

À mon avis, il n'y a qu'un seul nain dans cette équipe d'escrocs. Par contre, le comportement de Monsieur Muscles attire nécessairement l'attention. Personne n'aime les retardataires. C'est pourquoi je pense que plusieurs fripouilles interprètent tour à tour ce personnage.

Je suis très excitée d'avoir percé ce mystère. Je jette un coup d'œil derrière moi. J'ai des sueurs froides en apercevant Monsieur Muscles qui m'adresse un large sourire. Se doute-t-il de quelque chose ou est-il simplement poli ?

Chapitre 6

Super-toutou

Mon cousin et moi sommes assis côte à côte. Grand-maman somnole sur la banquette voisine. Comme Monsieur Muscles se trouve trois rangées derrière nous, je chuchote en racontant mon histoire à Léo.

– Qui va arrêter ces bandits, Lucie? me demande-t-il, effrayé.

– Je ne sais pas. Ils vont filer dès que nous serons arrivés. Quand les gens découvriront les vols, il sera trop tard pour les rattraper.

– On pourrait photographier Monsieur Muscles.

– C'est astucieux, Léo, sauf qu'on n'a pas d'appareil photo. Et puis, ça risquerait d'éveiller ses soupçons.

– Ah ! Une fois, à la télé, j'ai vu des policiers capturer un tueur grâce à ses doigts…

– Quoi ?

– Ben oui, il paraît que les lignes sur le bout de nos doigts sont comme une carte d'identité.

Les empreintes digitales ! Quelle idée géniale ! Je pourrais recueillir un truc que Monsieur Muscles a manipulé afin d'obtenir ses empreintes. Ensuite, je remettrais ce précieux indice à la police. L'idéal serait qu'il touche une chose qui m'appartient. Comme quoi ?

Bingo ! Je pense avoir trouvé…
Mais je dois convaincre mon cousin
de me prêter Monsieur Bisou.

– Dis oui, Léo ! Si ça fonctionne,
ton nounours deviendra un héros.

– Je ne suis pas sûr que Monsieur
Muscles va me rendre mon toutou,
me répond-il, hésitant.

– Ce matin, tu as échappé ou perdu
de vue ton ours à plusieurs reprises.
Et chaque fois, quelqu'un l'a ramassé
et te l'a redonné.

– Bon… d'accord, je te le passe !
Mais à une condition : tu me laisses
le préparer pour sa mission.

J'ignore si on peut relever des empreintes sur de la peluche. Par contre,
on peut le faire sur une surface lisse
comme du papier ou du métal. J'attrape un vieux sac de plastique ou-

blié au fond de mon sac à dos et le tends à Léo, qui le noue délicatement autour du cou de son ours. Vêtu de cette cape blanche, Monsieur Bisou est prêt à jouer son rôle de justicier...

Mon cousin serre son ourson comme s'il le voyait pour la dernière fois. Puis il me le confie. Je me lève pour aller aux toilettes situées à l'arrière de l'autobus. Arrivée à la hauteur du suspect, je lâche le toutou, mine de rien, en prenant soin qu'il atterrisse sur le ventre.

—Hé ! attends ! Ton ours est par terre ! me lance Monsieur Muscles.

Il le saisit et me le tend gentiment. Je le reprends en souriant malgré mon inquiétude. Un voleur poli, on aura tout vu ! C'est sans doute sa façon de se fondre dans la masse...

Fiou ! Monsieur Bisou a réussi sa mission périlleuse. Le voyou est tombé dans le piège. Ses empreintes sont désormais gravées sur la cape du nounours.

• • •

Nous voilà enfin à Rimouski. Monsieur Muscles se dépêche de sortir de l'autobus. Dès que la soute est ouverte, il saisit son sac avec son butin et son complice à l'intérieur ! J'aperçois Pierre qui nous attend sur le quai tandis que les deux escrocs s'éloignent incognito.

Dans le terminus, je m'empresse de tout raconter à grand-maman et à Pierre. Ils m'écoutent attentivement et décident d'appeler la police. Un agent se présente rapidement sur les lieux. Il note mon témoignage, impressionné. Au moment de lui remettre ma preuve, je m'inquiète :

— Beaucoup de gens, dont Léo et moi, ont aussi laissé des traces de doigts sur ce sac de plastique...

— Ne t'en fais pas. On va relever

toutes les empreintes pour les comparer à celles qui sont dans notre base de données. En général, les citoyens ordinaires ne sont pas fichés. Par contre, si le présumé voleur possède un casier judiciaire, on pourra vite l'identifier.

—Ce sera tout ? s'enquiert ma grand-mère.

—Oui, merci madame. Vous pouvez partir.

• • •

Trois jours plus tard, un journaliste vient m'interviewer au chalet. Le lendemain, mon histoire fait la une du journal de Rimouski :

Une fillette permet d'arrêter un réseau de voleurs itinérants. Plusieurs

d'entre eux avaient des antécédents judiciaires. Grâce à sa perspicacité, la jeune Lucie a compris que les vols n'avaient pas lieu dans les gares routières de villes importantes comme la police l'a d'abord cru, mais plutôt à l'intérieur même des autobus. L'agente Dupuis, à qui l'enquêtrice en herbe a confié ses premiers soupçons, est convaincue que Lucie pourrait devenir une formidable policière.

Une photo accompagne l'article. Eh non ! Ce n'est pas la mienne. J'ai pensé qu'il fallait remercier celui qui m'a permis de mener ma mission jusqu'au bout. Clic ! Monsieur Bisou pose fièrement devant l'objectif.

Agnès Grimaud

Dans cette passionnante enquête de Lucie Wan, Agnès Grimaud met en scène un personnage qu'elle croise tous les jours dans sa maison. Il s'agit de l'ourson en peluche préféré de son fils, qu'il a nommé… Monsieur Bisou !

Visite notre site Internet pour en savoir plus sur nos auteurs, nos illustrateurs et nos collections :
www.dominiqueetcompagnie.com

De la même auteure

Dans la collection Roman noir, niveau 1

Lucie Wan et le voleur collectionneur

Lucie Wan et la maison des mystères

Dans la collection Roman noir, niveau 2

Filou, chien voyou

Dans la collection Roman bleu

Effroyable Mémère, incroyable sorcière

Effroyable Mémère et le Seigneur des Nœuds

Dans la même collection